L'IMPORTVNITE ET MALHEVR DE NOZ ANS.

PAR M. B. BAILLY
CONSEILLER DV ROY.
A TROYES.

A Troyes, de l'Imprimerie de Claude Garnier demorant en la petite Tennerie sur le premier Pont. Tenant sa boutique en la Rue nostre Dame.

AVEC PRIVILEGE.

A ILLVSTRE ET VERTVEVX SEIGNEVR CLAVDE DE BAVFFREMONT, Euesque de Troyes, son humble seruiteur, Balthasar Bailly, desire continuation de tout heur & prosperité.

IE n'estimois pas (Reuerent & excellent Prelat) donner quelques heures que i'ay de relasche apres les affaires serieuses, ausquelles il à pleu à Dieu mẽployer (combiẽ qu'indigne de les manier & traicter) A ceste composition à laquelle i'estois assez mal vsité du moins ne m'estois tant arresté iusques à cy. N'eust esté l'exemple de ce grand orateur & plus amateur de son pays, qui s'est plusieurs fois offert à moy en pareil & semblable subject, que celuy qui m'à induit & quasi contraint entreprẽdre ce petit œuure, (Qui est l'importunité & malheur de noz ans.) Et tout ainsi que luy (ie dis quãt à l'imitation) pendãt le temps comme il d'escrit, Que la republique Romaine estoit entierement subuertie, & sans ordre quelcõque, ou forme de l'estat qu'elle auoit retenu iusques alors: Et pendant le temps qu'elle s'estoit contenue soubz l'obseruance de ses anciennes & ꝑmieres loix: Se voyant sans esperance de reuoir plus le peuple reuiure en cestè doulce & heureuse liberté, comme il faisoit au parauant ce trouble, auec vn temperamēt & reigle de Iustice, distribuée par le conseil & l'authorité de tant de doctes & excellens Senateurs & d'autres bōs cerueaux & grands personnages en affluence, que ceste tant heureuse ville nourrissoit: Fut contrainct pour trōper l'ennuy de tant de malaise que luy apportoit la souuenance trop frequente & ordinaire de telz changemēs, s'addonner à la lecture & à la Philosophie, pour chercher d'elle le remede qu'elle à accoustumé d'apporter à ceux qui en vsent, principallemēt aux maladies & tourmens que telles calamitez causent bien souuēt à l'esprit: Et par mesme occasion, mettre la main à la plume pour faire entendre à la posterité, les moyens dōt il fault vser pour passer vne vie si courte que la nostre, en tout heur & prosperité, deduisant les debuoirs & offices que les hommes s'entre-doibuent reciproquement, pour le liē & entretenement de ceste societé, Et pour fuyr & decliner les malheurs que nous ameine ordinairement la corruption des mœurs en vne Republique, selō les maluersations de tous estats, qui causent en fin vne entiere subuersion de Monarchie: Estant en ce faisant la craincte de Dieu mise en arriere, & le deu de Iustice sans effect, par la licence effrenée & impunie de toute sorte de vices. Estimant donc estre indigne d'vn homme aymant la doctrine & la vertu, d'employer son temps en autre chose qu'en vne occupation d'esprit, laquelle soit entremeslée de quelque plaisir, auec vtilité: Cum respublica nulla esset omnino neque esset vsquā consilio aut authoritati locus, nec se angoribus dedidit quibus esset confectus (Comme il dict) nisi his restitisset, nec rursum indignis homine docto voluptatibus: & maximis in malis, existimauit honestissimè molestias posse deponi si se ad Philosophiam retulisset. Ainsi cõposant ses offices & autres bons liures, & discours appartenans aux mœurs, passa son temps, & profita à ceux de son aage, & à la posterité. Ie desirerois qu'ẽ telles calamitez que noz yeux ont veu, & que chascun à senty, Dieu m'eust faict ceste grace de pouuoir dire par escrit, chose qui donnast la moindre partie du fruit, ou du plaisir, que le moindre & plus inutile de ses œuures, faict à ceux qui les voyẽt. Mais ayant tousiours apprins que la bonne volonté des petis en l'imitation des vertus des plus grãds personnages, or qu'ilz ayent attaint la pfection, n'est point à m'espriser, quant le zele les pousse, & qu'ilz ne sont induitz d'ailleurs q̃ de l'amour qu'ilz portent au bien qui nous reuient, par telz grands & dignes esprits: I'ay mis peine selon ce peu que Dieu m'à donné de moyens, de representer par escrit, partie du mal qui nous est aduenu pendant noz ans, par la corruption des mœurs qui est ordinaire entre les hommes de tous estats. Lequel mal par ce qu'il est plus que notoire, & au grand regret de tous, ie deplore d'autant comme ie desire, que par vne resipiscence & amendemẽt en mieux, nous puisions reuenir à l'ancienne façon de viure qui causoit tant de ꝓsperité à ses bons peres, pour n'auoir esté si malheureux de veoir telz vices & miseres que ie deduits, regner si librement de leur temps. Cõme aussi ie souhaitte (insigne pasteur) que soubz vostre nom & faueur la bien-vueillance des Lecteurs, reçoiue mon petit œuure auec plaisir, car d'ẽuie ie sçay, qu'il n'y à matiere pour luy en porter.

AV LECTEVR BENEVOLE.

SONET.

Si quant Vulcan forgea ceste belle Pandore
Par le cõmandement du souuerain des Dieux
Auec ses dons sacrés n'eust deuallé des Cieux
Nous fussiõs sans discord, sans litige, & sans fore.
Nous fussiõs plus heureux, & plus heureux encore
Car les presens du ciel qui nommérent son nõ
Et la grace des Dieux que l'hõme auoit en dõ
N'eussent permis de veoir le tẽps q̃ ie deplore.
Mais si tost qu'elle fut la triste messagére
Du fur Promethéen, au grãd mal de son frére
Desslors la terre fut comblée de malheur.
Dieu vueille que ce vers soit vn contrepoison
Qui chasse d'icy bas son vaze & son poison
Et qu'il puisse estre dict, messager de bõ heur.

SONET.

Ce n'eſt pas le deſtin qui l'homme ſeigneurie
Rien ne luy peult venir par vn ſucces fatal,
Car tout ce qu'il reçoit, ou de bien ou de mal,
Eſt du bon ou mauuais reiglement de ſa vie:
L'ambition croiſſant & des honneurs l'enuie
Perdit l'aage doré, l'eſchangeant en vn pire
Puis ce malheur gliſſant d'épire en autre Empire
Aſtrée en fin chaſſá & piété bannie
Donc la cauſe & motif de la peruerſion
De tout en tous eſtats eſt la corruption
Et changemét de mœurs, & pour reſtablir l'heur
Des premiers ans, faudroit ſuyure l'integrité,
Qui lors ſouloit regner auec ſimplicité
Cóme amplement deduit de cét œuure l'autheur.

M. DES FORGES.

SONET.

O qu'à bon droit, Bailly, ce larron Promethée
Pend au hault de Caucaſe à gros clous attaché
Et regarde ſon foïe au ſerain dehaché
Toujours toujours renaiſtre à ſa peine irritée!
Ce poure malheureux par ſa torche aportée
Du Ciel ci bas en terre, à le monde empeſché
De tant & tant de mal qui nous eſtoit caché
Dans le trópeur hanap qu'ouurit Epimethée
Lors ce grand Iupiter en deſpit du Larron
De ce plaiſant hanap à Pandore fit don
Pour enjurer icj noz ames curïeuſes.
De là premierement, entre autres dous malheurs,
Sortit l'Ambition mere de ces Fureurs
Que pleurent en tes vers les Muſes ſoucïeuſes.

AVTRE SONET,

Le Vice à toujours prins le masque de Vertu
Pour se mettre en auant,& se rendre loüable:
Ainsi Cæsar deffit ce Pompée admirable,
Et maint Pharnace encor' son Pere à cõbatu.
Ainsi l'Ambition à tellement battu
Pour son aduancemẽt sous l'ombre deceuable
De la Religion la France miserable,
Que son heur & renom en est tout abbatu.
Les Phrygiens en fin,bien que tard, furent sages:
Et nous tant enseignez par nos ꝓpres dõmages
Ne nous rẽdron-nous point à raison maintenãt?
Il ne nous reste plus que nous donner en proïe
Au barbare ennemi,si ne prenons la voïe
Que nous mõstre,Baillj,ce tiẽ vers dous-tõnãt.

SONET.

Tout ainsi, mon Bailly, qu'vn cryſtal de miroir
Monſtre ſi noſtre face eſt de couleur non ſaine
Si noz yeux ſont couuers d'vne craſſe villaine,
Si noz habits n'ont rien de meſſeant à voir :
Ainſi ces tiens beaux vers, que ton gentil pouuoir
A puiſé au cryſtal de la ſacre fonteine,
Qui appaiſe la ſoif de la chaſte neufeine,
Qui t'à touſiours nourry d'ũ ſuc de bõ ſçauoir,
Font ilz voir à pluſieurs ouuertement le vice,
Que l'abus à couué compagnon de malice.
Les liures ſont hardis à parler aux plus grans,
Qui deuſſent bien ſouuent s'adonner à les lire,
Afin de mieux dreſſer la courſe de leurs ans,
Par entẽdre maints cas, qu'on ne leur oze dire.

DE MONCHAVLT.

L'IMPORTVNITE ET MALHEVR DE NOZ ANS.

Par M.B. Bailly, Conseiller du Roy à Troyes.

PArauant que Saturne au lieu du diadéme
Prinst la faulx laboureuse, & ia sa fille bléme
De sa virginité, se ioignist au grand Dieu
Toute ame se treuuoit heureuse en ce bas lieu
Iamais on ne parloit que le Ciel se changeast
Bien qu'il couuast vn mal, que pource il deschargeast
Ce malheur sur la terre, au contraire c'estoit
Lors qu'elle portoit plus que lon ne souhaittoit
Iamais on ne voyoit la saison retournée
L'hyuer estoit yuer, l'Esté par sa iournée
Demonstroit clerement l'effect de son Soleil:
L'Automne & le Printems estoit tousiours pareil.
Mais ce despiteux siecle & nostre aage ennuieux
Tel que iamais vn seul des peres les plus vieux
Ne pourroit denommer par le cuyure ou le fer,
Nous faict auant le temps languir en vn enfer
Ià seize cens ans sont, les hommes mieux viuans
Les plus gentilz esprits & les plus cler-voyans
Disoient bien que leur siecle estoit le neufiesme aage
Pire à celuy de fer, & disoient d'aduentage

Que pour determiner vn aage si brutal
Nature auroit besoin forger nouueau metal:
Les reuolutions ou telz escrits sçauans,
N'ont tant auec vertu melioré noz ans,
Que nous ne puissions mieux à force de raison,
Dire que nostre siecle à la pire saison.
Ceux qui tiennent les rancs & plus souuerains lieux
Chassent d'eux bien souuent la crainte deue aux cieux:
Et ne part de leur cœur si peu de pieté
Qui tasche entretenir nostre societé
Ilz songent seullement à leur ambition
C'est leur but,& subject,toute leur passion
Consiste en ce seul point,de veoir que leur grandeur
Au detriment de tous,croisse selon leur cœur.
Combien il vauldroit mieux que tant de biens exquis
Tant de gloire & de nom,par leurs peres acquis
Fussent bien mesurez,& bien bornez en soy:
Sans forcer les petits & violer leur loy.
Toute principaulté n'à point plus digne voix
Que se dire soubmise & subjecte à ses loix
Et à la verité si l'effect suit le dire
Il est Prince plus grand,que n'est vn grand empire
Or n'est il mal aucun,ny cruauté barbare
Ny Scythique rigueur,ny fureur de Tartare
Qui n'ait son libre cours:ou main si sanguinaire
Qui ne puisse sans peur estre homicidiaire:
Et bien souuent le iuste & l'homme plus humain
Iectant ses humbles cris,trébuche en telle main
Ce qui n'aduiendroit pas si le zéle des grans
Employoit ses vertus à chasser les meschans.

Vnissans

Vnissans leur courage à ne rien aspirer
Qu'au bien que le commun pourroit d'eux attirer,
Mais ce grand politicque & si docte orateur
Qui mourut à la fin pour n'estre point flateur
Prophetisoit desslors que les plus grands espris
Estoient d'ambition plustost qu'autres épris.
Ainsi l'ordre du temps en toute Monarchie
A prins son changement, la premiere Assyrie,
Le Medois & le Perse & Macedonien
Ont faict place aux Romains par semblable moyen,
Ces tant sages humains apres tant de conquestes
Se sont cassez l'un l'autre en fin leurs fortes testes:
En perdant tout à coup tant d'insignes labeurs
Par leur contention miserable d'honneurs.
Parauant qu'Arbactus trouuast Sardanapale
Auec l'Assyrienne au milieu de sa sale,
Filant le Pourpre aux doigts en habit feminin,
Soubz cét vmbre, couuant l'ambitieux venin
Qui depuis transporta le regne Assyrien
A celuy des Medois, par ce mensonge sien
Qu'il ne peust obeir à celuy, qui plustost
S'aymast entre putains, qu'au milieu de son ost,
L'Assyrien viuoit en sa prosperité
En ses anciennes loix, & en sa liberté.

Quant Astyage eut veu par son songe fatal
Sa Fille (qui depuis fut cause de son mal)
Engendrer vne vigne en laquelle vn serment
Par son vmbre couuroit l'Asie entierement:
Il commença desslors à doubter de sa vie
Et craindre vn changement au regne de l'Asie.

Il marià sa Fille or qu'elle fust vnique
En lieu qui n'aspirast à l'estat tyrannique
Et commeit Harpagus pour exposer le fruit
Qui luy causa sa craincte en ce songe la nuit.
Il fit manger cruel au Pere son enfant,
Pour auoir espargné Cyrus au-parauant:
Ausi perdit il tost ceste principauté
Qu'il pensoit conseruer par tant de cruauté.
O l'ame ambitieuse & manque en iugement
Qui ne sçauoit preuoir, que naturellement
Si ce songe estoit vray son filz pouuoit tenir
Son regne par sa mort, luy viuant s'abstenir
Artabane espiant la vie à son seigneur
Et à tous ses enfans, se causa son malheur.
Cyrus voulant regner ausi bien que son frere
Artaxerxe, venant au sceptre de son pere
Par droit de testament, n'estimant son depart
Tel, qu'il ne deust au regne auoir meilleure part:
Eut en fin par le fer sa iournée fatale
Et tomba par l'effort de l'armée Royale.
Ocho l'un des trois filz du pere infortuné
Qui pour auoir son siége auant le temps donné
A Darius l'un d'eux (s'estoit faict ennemy,
De celuy qui deust estre obsequieux amy.)
Pensant comme son pere apres la mort du filz
Trancher tous les moyens mesmes aux plus petits
De nuire à son estat, apres auoir estaint
Tout le reste du sang, fut ausi tost attaint
D'une mort non preueue, laissant vn vassal sien
Sorty de sang obscur, pour Prince Persien:

Lequel bien tost apres vaincu par Alexandre
Aux Macedoniens son regne veit descendre.
Ce souuerain Monarque, & prince trop plus grant
Que nul autre des Rois qui fust au parauant
Laissa tant de seigneurs en mesme passion,
Et tant d'émulateurs de son affection:
Qu'au lieu de contenir en vne monarchie
Les biens dont il auoit chargé leur tétrarchie,
Diuiserent entre eux par leur contention
La terre par cantons, faulte d'vne vnion:
Et s'approcha deslors le reste des humains
Tendre son col au ioug de ces braues Romains.
Lesquelz pendant le temps de leur democratie
Et qu'aucun n'aspiroit au trac de tyrannie,
Pendant que le conseil de tant de Senateurs
Temperé par vn peuple en ses iustes clameurs
Dressoit tout au public, & à sa liberté:
Pendant qu'ils employoient leur humaine clairté
A preuoir les conseils des autres nations,
Et que les Proconsuls en leurs legations
Les traictoient en amis, sans presser la douceur
Des pauures asseruiz par trop grande rigueur:
Lors que lon consultoit aux fœcialiens
De l'estat de la guerre & ses iustes moyens:
Pendant que les Tribuns se rangeoient à raison
Sans permettre chasser iusques en sa maison
Celuy qui librement disoit la verité
Deduisant en public ceste calamité
Qui les suyuit de pres, Rome se maintenoit
Et soubz ses iustes loix la terre contenoit

Mais depuis qu'vn Sylla, Marius, & Cinna,
Lentulus, Manlius, Gracchus, Catilina,
Ce beau rusé trompeur qui se fit prolonger
Les Gaulles pour cinq ans, desdaignerent renger
Leur braue entendement à l'antique façon,
Qu'ilz eurent pratiqué par chascune maison
Tous les plus desireux de la nouuelleté
Pour se ioindre au hazard de leur temeritè:
Lors toute humaine loy, tout seruice des dieux
Partirent de deuant leurs ambitieux yeux:
Et brassans pour regner tous sinistres moyens,
Osérent triompher de leurs concitoyens.
Miserable par trop, & par trop miserable
Conuoitise d'honneur soubz quelz maux nous accable
Ton voile de Iustice & de Religion,
De doulce liberté meuë d'ambition.
Il est vray qu'au malheur de tant de nations,
Le mespris de leurs dieux leurs indeuotions
N'ont donné moins d'effect ny moins d'occasion
Que le desir des grands en ceste fiction
Et n'à iamais esté que le contemnement
De sa Religion, n'ait eu son changement.
Cambizes enuoyant vne nauale armée
Pour piller en Ammon la richesse sacrée,
Sentit bien tost aprés au naufrage des siens,
Combien se Dieu pouuoit à deffendre ses biens.
Xerxes n'en eut pas moins, en la perte qu'il feit
De ses pillards soldats, que la foudre deffeit
Et tout regne quelconque en autre transferé
N'à peu par telz moyens iamais estre asseuré.

N'aduienne ce des-astre & malheur importun
Que ce regne ancien soit iamais que soubz vn,
Vn, qui de pere en filz, viuant es sainctes loix
Soit aymé comme il est & beny de noz voix.
Qui voit marcher l'Eglise en la craincte de Dieu,
Qui ne voit le Pasteur plustost hors de son lieu
Dresser ses actions en faicts du tout lubriques,
Vendre s'il peult sa Crosse & plus sainctes Reliques?
Vous seigneur debonnaire, & qui aymez la foy
C'est bien au grand regret de vous comme de moy,
Que vous voyez l'Eglise ainsi laschement viure:
Que pleust à Dieu chascun deliberast vous suyure,
Lon ne verroit pas tant d'ambitieux Prelats,
Laisser leur residence, & se mettre aux estats,
Se mesler du public, & seculierement
Faire, ce qu'ils deburoient religieusement.
Lon ne verroit pas tant de gros curez errans.
Eux & leurs doux troupeaux, comme des ignorans.
A peine verroit on ce scandale aduenir
Qu'vn Religieux peust si librement venir
Quant bon luy sembleroit à l'heure des matines,
Resueiller sa maistresse, & tirer ses courtines.
Ce qui cause vn grand mal, car pour fournir à tout
Au lieu de reposer, il fault qu'il soit debout,
Qu'il cherche les moyens de mieux nourrir ce corps,
Qu'il desrobe dedans pour celle de dehors:
Et quand il à mangé son viure & vestiaire,
Ne sçait ou s'attaquer sinon au Reliquaire,
A la pierre & au bois des autres bastimens,
Et si par cas fortuit les pauures bonnes gens

Comme ilz faisoient iadis visitans ces beaux lieux
Demandent à quelqu'vn de ces religieux
D'ou prouient ce degast & ces grands changemens,
Cela vient disent ilz, des troubles de ce tems
Mais si quelque autre qu'eux qui sçait la verité
Par ces gens pièteux, de dire est inuité
Pourquoy de ce sainct lieu, les Images sont hors,
Ces moines respond il, ont vn estrange corps
Leur estomac est chault, entre tous les humains
Ilz digérent le bois & la pierre, & les saincts
Ie sçay que telz Prelats comme vous & en nombre
Feroient bien rechanger l'habit qui leur porte vmbre
Ie voudrois bien aussi que les communautez
Les Chanoines fondez, seruans à leurs autelz
Auec peu plus de zele & de sincerité,
Meritassent les biens qu'ilz n'ont pas merité.
Et voudrois mieux encor pour rendre plus heureux
Ce Canonique estat, que les luxurieux
Qui ne sont mariez mais couchent tous les iours
Et changent à plaisir de nouuelles amours,
Ne nourrissent point tant de ces petis nepueux
Ausquelz ils ont forgé le nez & les deux yeux.
Ià ne desplaise aux bons, toute calamité
Ne reduit point les bleds à telle extremité
Qu'il ne demeure encor' force espics tous entiers,
Qui nous rendent leur fruit tout sain en noz greniers.
Vueille le souuerain effacer la memoire
De toute impiété, tellement que sa gloire
Aux peuples aduenir soit admiration,
Comme elle estoit auant toute indeuotion.

Qui de ceux de Iuſtice au temps ou nous viuons
A gardé le ſerment tel que nous le deuons?
Elle ne fut iamais plus longue & ennuyeuſe,
Si chere, en moins d'honneur, ny plus ambitieuſe
Plus cupide du gaing, d'agrandir ſes treſors,
Plus prompte à ſoubſtenir la cauſe des plus fors:
Laiſſer la pauure veſue, & generallement
Faire tort à pluſieurs en meſme iugement.
Si le pauure en Iuſtice à ſon bon droict s'attend:
Le maiſtre de la cauſe eſt celuy qui le vend.
S'il fault qu'il vienne à l'huys du Iuge ſouuerain,
On luy dict ſi ſouuent reuenez à demain
Que ce qu'il y deſpend pendant ſi long ſeiour,
Luy faict quicter ſon ſac, ſon proces, & la cour.
S'il à quelques moyens d'eſtre ſollicité
L'autre inconuenient c'eſt l'importunité.
Bref, la longueur, le couſt, le difficille acces,
Faict perdre aux plus petits, ou quicter leur proces.
Vous Riches n'eſtes moins en proces trauaillez
Si voſtre bourſe eſt plaine, il fault que vous baillez
Si ſouuent de l'argent en conſultations,
On mect ſi proprement voz aſsignations,
Vous eſtes appoinctez ſi ſouuent à huictaine,
A plaider tant de fois, de quinzaine en quinzaine,
A bailler par eſcrit, verifier voz faicts,
Reprocher des teſmoins, compulſer, faire extraicts,
Bailler ſaluations, fournir de contredicts:
Que voſtre mal n'eſt moindre à celuy des petits.
Et ſi ſouuent voyez voſtre bourſe vuider
Que l'enuie ſe pert de iamais plus plaider.

On dict que de tous Dieux ceste deesse Astrée
Retourna de la terre en sa place sacrée
La sus toute derniere:en monstrant aux mortelz
Le chemin par lequel ilz seroient immortelz,
Nous eussions eu besoin qu'elle y fust demeurée
Pour ne voir en noz iours saison tant deprauée.
Qui de tout autre temps en toute monarchie,
N'à veu le criminel au danger de sa vie?
Quel pere à veu le vice en telle impunité
Que l'autheur n'endurast son tourment merité?
Ou qu'vn Iuge piteux en palliant son tort
Ne luy donnast en fin peine proche de mort?
Les vices ne sont pas seullement impunis,
Nous auons à vertu noz cœurs si mal vnis,
Que les plus vitieux ont le plus de credit
Et n'est pas vn seul d'eux, seullement contredit.
Ne desplaise à l'estat qui péze la balance,
Car ie veux soubstenir auec toute apparence
Que ce n'est ce digne ordre,& ceux qui sont au ranc:
Qui nous causent ce mal,mais le fore,& le banc.
La malice du temps,aussi l'art de plaider,
L'ame du Procureur desireuse d'ayder
Au droict de son client:or qu'il ne soit bien cler,
Scait par tant de delaiz & tricotz emboucler
Le plus apparent droit,qu'auant les iugemens
Tel qui deust obtenir,debura tous les despens
Le stil de chascun lieu,les reiglemens donnez,
Les moyens par Edicts de long temps ordonnez,
Baillent loy bien souuent aux Iuges d'appoincter:
Ce qu'vn vulgaire lourd,appele tricoter

Qui ne ſçauroit preuoir qu'vn arreſté plaideur
S'il n'à quelque proces, n'eſt pas aiſe en ſon cœur.
Ie deſirerois bien que la Iudicature
Se donnaſt ſans argent, & que la vertu pure
Sans ayde que de ſoy, peuſt monter aux haults lieux:
Certainement l'eſtat s'en porteroit trop mieux.
Mais ie me plaincts ſur tout des iniques mairyes
Auſquelles il aborde vn tel nombre d'harpies,
Qui ſuccent tout le ſang du pauure laboureur,
Tant que ſon droict doubteux à ſi peu de couleur.
On luy faict vn proces or qu'il n'en vueille point.
S'il eſt mis hors de court, on treuue vn nouueau point
Qui luy met plus auant, tant qu'il ne reſte rien,
D'ou ces affamez loups puiſſent tirer vn tien.
Ie me plaincts encor plus des proces criminelz
Qui s'inſtrinſent leans par Iuges telz & quelz:
D'vn procureur fiſcal, qui conclut à l'arreſt
D'vne perſonne doulce, & meilleure qu'il n'eſt:
Vmbrageant faulcement ſon auare larçin,
D'vn blaſphéme, d'vn fur, ou d'vn bris de chemin.
Ie ne veux pas blaſmer tant d'ames bien viuantes
Qui ſont à telz exces ſouuent contrediſantes:
Il n'eſt ſi maigre champ qui n'ait quelque herbe bonne
Entre celles ſans fruict & quelque bien ne donne.
Mais le mal qui nous vient par telz villains rongeux
Me contrainct deplorer noſtre temps malheureux.
Si ie pouuois paſſer le reſte des eſtats
Sans ioindre leur miſere au mal des magiſtrats,
Veu que Dieu nous auroit tant de bons delaiſſé:
Ie ne ſongerois plus au malheur ià paſſé.

Mais pour dire en vn mot du peuple la malice
Chascun chasse vertu pour embrasser le vice:
Et n'est comme disoit des prophetes la voix
Santé soit en la teste ou au pied des françois.
Tout va de mal en pis,& l'aage des parens
Pire que des ayeulx,nous à faicts empirans:
Et iugeans l'aduenir de la vie de tous,
Sommes prests à laisser race pire que nous.
La Noblesse se tient en son lieu Cazaniére
Pensant faire vn grand coup s'elle fuyt la premiére
La tempeste de Mars,le rauageux soldat
Qu'il ne pille ses biens comme le pays plat:
S'elle part de son fort,& qu'elle alle au deuant
Destourner le nuage au Soleil ia leuant,
Retournant au Midy,s'elle treuue vn subject
Qui vienne du labour,& qu'elle ait pour obiect
De lauare desir qui la faict desplacer,
Le bestail iá lassé,qu'elle voye chasser
Doulcement en l'estable,âfin de soulager
L'ennuy de son trauail,elle veult partager
Le profit de ce iour auec son laboureur,
Soubz l'vmbre qu'elle vient de chasser son malheur.
S'elle n'est du subject pour ce iour contentée,
On le voit si souuent aller à la couruée,
Qu'il eust trop mieux esté pour ce pauure bon homme
De loger son Soldat & bailler vne somme
(Aussi ce sieur ne laisse estant en sa maison
De commettre tout cas sans craincte de prison)
O combien reluyroit des Nobles la grandeur
Deffendans leurs subjects d'vn magnanime cœur

La grandeur de courage eſt la ſeulle nobleſſe
Qui naiſt de la vertu, de force, & d'hardieſſe.
Leur cœur eſt il ſi dur qu'il ne s'eſmeuue pas
De veoir ces pauures gens plus viſte que le pas
Ramener leur ſubſtance,& courir tous les iours
Aux lieux emmuraillez,chercher leur ſeul ſecours?
Ont ilz point de douleur de veoir leur innocence
Qui n'oze pas manger pour peur de la deſpence,
Eſpargner à ces chiens & tygres rauiſſans,
Ce,pour quoy conſeruer,viuòtent languiſſans?
Penſent ilz point à Dieu quand ilz voyent forcer
La femme à leur ſubject,qui peult bien s'esforcer
De vaincre par ſes cris de ſtentor la clameur,
Et pourtant n'auroit d'eux vne ſeulle faueur.
Que peuuent ilz attendre,en voyant conſommer
Tant de bleds engrangez,qu'il n'en reſte à ſemer
Pour l'an qui doibt venir,ſinon vn deſeſpoir
Et famine,qu'il fault neceſſairement voir?
Qu'ils reſouldent ce point,qu'en ſi grande miſere
Ilz ne treuueront pas qu'ilz ayent pour leur mere
La ſeulle poulle blanche,& nous,ſoyons poulçins
Ecloz en autre temps,des œufs les plus malins.
Iadis tout allié de ces braues Romains
Se ſentant oppreſſé par quelques inhumains,
Ayant deduit ſa plaincte au meillieu du Senat:
Il eſtoit par adueu du peuple,au Tribunat
Secouru par decret,voire tout à l'inſtant
Quelque chemin qu'il fuſt de la ville diſtant.
Auſsi ces alliez en toutes nations,
Fourniſſoient librement la ſolde aux legions.

La cauſe que Brennus approcha ſes gaulois
Si pres de Latium, fut ce pas que les loix
De ces ſages humains, & leur grande douceur
Ne pouuoit endurer la barbare rigueur
Preſſer cruellement les foibles & petits :
En cherchant gayement terre à leurs appetits?
Ie ne doubté iamais, que ceſte humanité
Mais diuine pluſtoſt qu'humaine charité
Ne les ait eſleuez à ſi ſouuerain lieu,
Qu'il ne leur manquoit plus que le ſiege d'vn Dieu.
S'ilz euſſent ſeullement voulu garder leur terre
Et (comme ilz pouuoient bien) ſe paſſer de la guerre
Sans ayder leurs voiſins, & deffendre le bien
Des pauures affligez, qui n'auoient le moyen
De ſeulz ſe maintenir ſans l'ayde des plus fors:
S'ilz euſſent ſeullement cherché l'aiſe du cors
Sans regarder combien tel acte vertueux
Pouuoit enuers le ciel les faire bienheureux:
Ilz n'euſſent iamais veu ſi pres du Capitôle
La brauade Gauloiſe, & la fáme qui vôle
N'euſt apporté ſi loin, le nom des anciens
Meſmes de ce viellart chef des Papyriens,
Qui monſtroient en leur fronc eſtre des demy-dieux
N'euſt eſté le baſton de ce pere ſi vieux.
Auſsi ceux qui depuis ſuyuans ceſte iuſtice,
Ont voulu plus auant dire que c'eſt du vice
D'vn qui ferme les yeux, ou d'vn cœur trop couart,
Nous ont dict que celuy qui n'expoſe au hazart
Son propre corps, s'il peult rechaſſer vn exces
Qui ſe faict au prochain, or qu'il n'ait autre acces

Au plus foible & battu que par droit de nature:
Il est tenu pourtant repoulser ceste iniure,
Et s'il ne la deffend,il est en mesme tort
Que s'il auoit esté la cause de la mort.
Que dira donc celuy,dont l'ame s'est commise
Soubz l'aisle d'vn seigneur couart,qui par feintise
Bien qu'il voye des yeux le malheureux estat
De son homme abbatu par la main du soldat,
Laisse torpidement ronger iusques aux os
Ce pauure miserable,& luy charger le dos
De tant d'afflictions & de maulx tous ensemble?
Il ne se taira pas deuant Dieu ce me semble:
Du moins il luy pourra soubstenir deuant luy
Puis qu'il estoit ça bas sa garde & son appuy:
Qu'il debuoit employer ses nerfz & ses efforts
Pour empescher passage aux Reistres de dehors,
Par ce qu'il maintiendra que ces hommes de fer
Luy faisoient plus de maux,que les Diables d'Enfer
Il dira qu'ilz ont prins ce qu'il auoit acquis
De ses plus ieunes ans,& que iamais depuis
Il n'à sceu releuer sa pauurette famille
Voire,ny marier sa bien aagée fille:
Car celuy qui deuant qu'ilz eussent leur logis
Dessoubz son humble toict,estoit que trop d'aduis
De marier leur filz à ceste pauure fille,
Est maintenant pour elle vn homme trop habille
Et prent pour couuerture à ce qu'il se desdit
Que ce reproche seul luy seroit trop despit
Qu'on luy mist au deuant à la moindre querelle
Que les Reistres ont bien treuué sa femme belle:

Et qu'ilz s'en sont iouez,& par hault & par bas,
Car elle ne partoit d'entre eux à tous repas.
Combien que pour le vray la pauure pucellette
Par sa vierge constance,est ores toute nette.
Ie dis par sa vertu,mais plustost d'vn bon heur
Et d'ayde peculiere à Dieu,pour sa faueur.
Car mil autres seront, qui deuant ce grand Dieu
Cottans vn chascun d'eux leur seigneur & leur lieu:
Diront chascun à part,ma fille fut forcée
Des Reistres à l'instant de leur dure arriuée,
Et quoy que fisse effort fleschir ces impiteux,
La rauirent contraincte au deuant de mes yeux.
L'autre venant apres dira que ces mastins
Empistollez & noirs,venoient tous les mátins
En leur brutal langage & blasphéme incongneu,
Piller rapidement ces biens par le menu.
Et ne se contentans que leur auare main,
Le priuast des moyens de viure au lendemain:
S'attaquoient à sa femme,& barbaresquement
Faisoient ce qu'il ne peult plaider honnestement.
Quelques autres diront que ces chiens par la plaine
Hurlans & tempestans d'vne voix inhumaine,
Se iectoient aux troupeaux,& poursuyuoient iceux
Ainsi que si des loups estoient changez en eux:
Mais les plus offensez,en iectant de grans cris,
Presenteront requeste à ce qu'ilz soient ouys.
Et commençeans leur dueil d'vne tremblante voix
Feront taire vn chascun ,comme estant plus de poix
Ce qu'ilz ont à deduire en leur seulle clameur,
Que le dolent parler de tout autre plaideur.

O Roy de tous les Rois, Iuge des ſouuerains
(Diront ces affligez) tu cognois les humains
En toutes nations, & ne t'eſt rien caché
De ce qui cy deuant tout homme aura peché:
Toutesfois s'il te plaiſt que noz ames deſployent
Ce que tu ſçais trop mieux, & tes iugemens voyent:
Nous dirons maintenant, que iamais tu n'as faict
Depuis que l'vniuers par ta grace eſt parfaict,
Sentir à quelque terre, & prouince n'à veu
Tant de maulx, que la France en à par eux receu.
Des qu'ilz eurent mangé ce peu que nous auions
Et robbé noſtre argent par mille inuentions,
Ilz chercherent deſlors meſme iuſques au puys
S'il pourroient point treuuer ou dans quelque pertuis
Ce peu de noſtre meuble, & ce qui nous reſtoit
Que leur main griffonniere encor ne retenoit.
Par le milieu des Bleds, ce que nous enterrions
A trois mil du Village auquel nous demeurions:
Et nous euſt eſté mieux oultre noſtre rançon,
Qu'ilz euſſent tout trouué dedans noſtre maiſon.
Car à leur bref retour, comme gens forcenez
Ilz nous creuoient les yeux, & nous couppoient le nez,
Nous eſtions tant froiſſez, tant accablez de coups
Qu'il ne nous reſtoit rien que le ſiflet à tous.
Ny pource noſtre peine adoulciſſoit leur cœur,
Ny noz corps abbatuz fleſchiſſoient leur rigueur,
Car ayans faict à nous, ilz s'aduiſoient du feu,
Et par tout noſtre cloz n'eſpargnoient vn ſeul lieu
Ou leur incendiaire & rauageux cerueau
Ne miſt feu, meſme es bledz eſtans en leur taſſeau.

Mais ce n'estoit le pis d'ainsi perdre noz biens
Vous Dieu des affligez, mesmes de voz Chrestiens,
Nous pouuiez releuer d'vne immense bonté
Du tort que nous faisoit ce barbare effronté:
Mais icy mes enfans se plaignent comme moy,
Que ie leur suis rauy par eux, & eux à moy.
Ma femme aussi se plainct, & dict que vous sçauez
Qu'au milieu de noz maux, estans iá trop greuez
En la perte des biens, apres les coups receuz
Violérent mon lict, & depuis ie les euz
Pour seulz executeurs & fin de tant de maux
D'elle, & de mes enfans, & de moy, pour bourreaux.
C'est à vous Dieu puissant à iuger de leurs faicts
Et decider en vous, la plaincte que ie faicts.
Ie vous laisse penser si son seigneur y est
Et n'à dequoy deffendre, en quelz termes il est.
Il fauldra qu'il abaisse vn peu, ce grand maintien
Qu'il tenoit icy bas, quand il plaidoit pour rien,
Et s'inclinant le col auec vn parler doux
Taschera soy sauuer, fléchissant les genoux:
Ie sçay qu'il deffendra, mais par plusieurs moyens
Pensant bien renuerser ces pauures citoyens
Quoy, i'eusse donc laissé (dira il) ma moictié
Mes enfans, ma maison, desdaigné l'amitié
De celuy, qui m'estoit or qu'il fust allemant
Loyal plus qu'vn François, qui par tout se desmant?
D'ailleurs, c'estoit mon but quand i'eusse deù courir
Aux clameurs de vous tous, enuers eux secourir
Vostre foible innocence, à force ou d'amitié:
Vous conuenez en tout qu'vne seulle pitié

Ne

Ne logeoit en leur cœur:donc quel auancement
Me fust esté pour vous de parler doucement?
Et si vous m'accusez pour n'auoir mis mon corps
Pour barre à leur fureur,que tous en estes morts:
Ma personne seullette entre tant de milliers,
Eust elle sceu gaigner plus que les camps entiers?
Vous sçauez quantesfois les gens de nostre prince
Ont tasché d'empescher leur force en sa prouince,
Et neantmoins leur fer,à perdu tous effors
Et dict on qu'ilz n'ont faict qu'espuiser les tresors.
Ce grand Iuge sçait mieux combien temerité
Sans espoir,d'aduancer, approche vanité.
Il sçait combien mon ame auoit de passion
Comme elle se deùlloit de vostre affliction,
Et que s'il se fust ioinct à moy,nombre pareil
Voire moindre à leurs gens,ny le chault du Soleil
Ny l'air intemperant,m'eussent sceu contenir,
Au dedans de mon fort,quoy qu'il eust deu venir
Car le droit de nature,& l'obligation
Qui nous astraint porter si chere affection
Aux peres,aux enfans,& toute la famille
Cesse,à comparaison de celle d'vne ville
D'vn pays,& des lieux ausquelz l'aduenement
De nostre corps en terre,à prins accroissement:
Et n'est celuy des bons s'il pense racheter
Par sa mort son pays,qui ne doibue quitter
Toute autre affection,mais telle charité
Merité d'estre ioincte à quelque vtilité.
Il fault bien que ie die,& ne le puis nier,
Que chascun Gentilhomme en son particulier,

Du moins pour la pluſpart, eſtoient ſi mal hardis
A venir au combat, ou ſi fort refroidis
Au commun bien de tous, que les plus gens de bien
Faiſoient eſtat du leur, comme s'ilz n'euſſent rien.
Et bien ſouuent vn tel qui promettoit ſecours,
Quant c'eſtoit à l'effect faiſoit tout le rebours.
Qu'eſt ce donc que mon zéle, & ma peine, & ma vie,
Euſt peu vous aduancer en telle piperie?
I'auois aſſez emprainct en mon interieur
L'amour de mon pays, & du ſuperieur:
Mais ceux au bras deſquelz giſoit le plus d'effort
Ceux là calloient le voille, & cherchoient noſtre mort.
Bref ſembloit que la France euſt en ſoy ce deſſein
De conuertir leur fer dedans ſon propre ſein
Donc ne me chargez plus, Dieu ſçait combien mõ ame
En ſon particulier s'exempte de ce blâme.
Ce pauure Laboureur ſcaura bien repliquer,
Au dire du Seigneur, ſi Dieu veult appliquer
Ses oreilles à luy (comme à la verité
Sa grace incline plus à la ſimplicité)
Car reclinant ſon chef fera ſigne de l'œil,
Qu'il ne deſdaigne point de ſa voix le recueil.
Lors il commencera pour elider le point
Qui le preſſe le plus, que n'auez vous donc ioint
Auſsi bien par effect quand vous eſtiez la bas
Voſtre perſonne à nous, que vous ne dictes pas?
Car nous ſommes offers en nombres ſuffiſans
D'hommes d'aſſez bon cœur, & d'autres payſans,
Qui deuant que de veoir ces cruelz animaux
Cherchions par noſtre mort racheter tant de maux.

Et ne vous peusmes onc seullement esbransler
Ou par signes de faict, ou par nostre parler.
Si vous n'eussiez esté trop couart ou métis,
Voz biens estoient sauuez, & nous autres petis.
Solon fit vne Loy, qui luy fut peculiére,
Et fut entre son peuple aussi particuliere,
Qui vouloit qu'aduenant sedition publique
Tout citoyen suyuist l'vne ou l'autre pratique
Sans demeurer oisif de tierce affection,
En contemplant l'exit de la sedition:
Tellement qu'il n'ottoit celuy là d'infamie
Qui n'offroit ou à l'vn, ou à l'autre sa vie,
Ne voulant par sa loy que tout particulier
S'arrestast seullement à n'estre point guerrier
Et mettre en seureté ses affaires priuées,
Sans se passionner des publiques menées,
En ne communiquant aux malheurs du commun,
Mais vouloit aussi tost que ce mal importun
Assailloit son pays, postposant toute chose
Vn chascun se rengeast à la plus iuste cause.
Si ce sage mondain de ses preuoyans yeux
A sceu punir le dol du crainctif otieux,
Qu'elle excuse auez vous en mon malheur extréme
Si ce n'est que pour lors, vous aymiez trop vous mesme?
Le Noble sçauroit bien fournir de ses repliques
Mais ce grand Dieu ne veult ouyr tant de dupliques,
Car en sa prescience & diuin iugement
Sans qu'vn parler l'esmeuue, appoincte iustement
Aussi fault il remettre à son omnipotence
Iuger ce different par rigueur ou clemence

Seullement ie diray, que pour ſon repentir
Le noble auec le peuple, à meſme reſentir.
Et que de tous eſtats, ceux qui craignent vn Dieu,
Parmy les vicieux, ne tiennent aucun lieu.
Ie n e veux eſpargner icy le populaire
Non plus qu'il ne veult pas en ſa fureur ſe taire
Mais ie dys en paſſant les faultes qu'il commect,
Qui produiſent ſouuent vn tres-facheux effect.
C'eſt le plus enuieux, ingrat, & mal-diſant,
C'eſt le plus fort mûtin, le plus contre-diſant,
Le plus hault à la main, plus deſireux d'auoir.
Bref, qui faict tout au moins, & rien de ſon debuoir.
Il veult eſtre veu, tout, & veult tout gouuerner,
Et s'il parle deux mots, ne faict que badiner,
Il parle de tous faicts, & ne ſçait rien de tout,
Il donne ordre à tout poinct, ſans qu'il en viēne á bout,
Il à veu les autheurs, & ne leût iamais rien,
Et ne ſçait decider ny de mal, ny de bien.
Il corrige les grands, & de ſon ſeul babil
Il ſçait tous les moyens d'euiter tout peril.
Quelques-fois il s'eſgaye, & puis il ſe refaſche
Et ſe faict comme il veult, ou fort, ou braue, ou laſche,
Il s'attriſte s'il veult, & ſe comble tout d'heur,
Il ſe faict pauure, & riche, & ſe remplit le cœur
De tant de paſsions, en ſon lourd naturel:
Qu'en autre que ce peuple, on ne voit rien de tel.
Bref, il eſt ſi muable en ſa diuerſe teſte,
Qu'en tous ſes iugemens il ſe treuue vne beſte.
Mais c'eſt ou giſt le mal, quand vne multitude
Vaguant en l'incertain, ſelon ſa promptitude

Et ſon vôle cerueau, ne ſuit que ce qui plaiſt
A l'appetit brutal, & de mal ſe repaiſt.
Vous auez en ce peuple vn nombre d'vſuriers
Qui de leur main auare, altérent les premiers
Le bien de moindres qu'eux, voire en telle façon:
Qu'ilz en ont chaſcun iour, ou preſent ou rançon.
Et pour oudir leur feinčte, ilz s'addreſſent à eux,
Et font en ſtipulant qu'il n'y à que deux yeux.
Ilz commençent de là, pour en venir à chef
Sans crainčte des Edičts: qu'ilz couchent ſur le bref
Quelque ſomme certaine, & ſans nulle pitié,
Combien qu'il fault reduire vn cent à ſa moičtié,
Et reuient leur vſure en peu de temps apres
A tel & ſi grand pris, qu'il fault vn bref expres.
D'ailleurs, ilz ſe feront engager l'heritage
Pour vn pris aſſez vil, d'vn pauure perſonnage,
Qui par deſſus ſa terre, à pour ſon ſeul appuy
Le ſeul gaing de ſes bras, & le pain du iourd'huy.
Et ſans qu'il s'apperçoiue vn temps tout doulcement
Le forcloſt des moyens de ſon engagement.
Car Monſieur prent le fruičt & rapport de ſa terre
Et s'il ne laiſſe pas pour cela, d'auoir guerre
Au iour de l'intereſt, auec ce beau preſteur,
De façon qu'il enjambe en fin ſur ſon labeur.
Puis quand tout ſuc eſt hors, & ne ſçait s'attaquer
A terre ny labeur, Monſieur ſçait remarquer
De moment en moment le moyen de ſa vie,
Et preſque tout ainſi que s'il portoit enuie
A ce qu'il mange encor du pain à ſes repas:
S'il debuoit ſurueiller, ne le laiſſera pas

Qu'il ne l'ait espié plustost toute saison,
Pour le faire seicher de faim en la prison.
Et souuent si iustice en sa compassion,
Ne contraignoit Monsieur, auant la cession
De fournir de sa bourse, au moins les alimens
A bien fort leger pris, tous les quatre elemens
Et le fort naturel du pauure prisonnier,
Ne soustiendroient son corps vn seul iour tout entier.
Plusieurs autres y à, qui soubz vne feintise
De vin, de bled, de foin, ou d'autre marchandise,
En vendant vingt escus, ce qui n'en vault que dix:
Desirent de reueoir souuent les samedix,
D'autres feindront, n'auoir vn seul denier d'argent
Qui, pippans l'innocence à ceste pauure gent
Soubz l'espece d'vn drap, ou d'autre mercerie
Prendront six vingts pour cent en telle tromperie.
Voila comment partie en ceste multitude
Qui s'ayde & nuist en soy, commect ingratitude.
Luculle ayant rengé ce grand Mithridates
Plus auant que les bords du fleuue d'Euphrates,
Au millieu des confins du regne d'Armenie
Vers ce Roy si superbe & plein de tyrannie:
Rafreschit son labeur, & passa fantasie
A reformer l'vsure au pays de l'Asie.
Soulager le malheur d'esclaues à milliers
Que detenoit la main d'infinis Vsuriers.
Prouenant ce dur ioug du deffault de payer
L'excessif interests, redoublé par cayer.
Et se remarque vn traict de grande indignité
C'est que le pere estoit en telle extremité

Qu'il vendoit ses enfans, sa fille à marier
Pour vif de ce lien soy mesme deslier,
Car bien souuent encor vn si precieux gage
Ne tranchoit le moyen de souffrir d'auantage
Par la gehenne, les ceps, le traict du cheualet
Qu'il failloit endurer, & puis estre valet.
Mais telle iniquité semblant par trop cruelle
A ce Romain, muny de bonté naturelle:
Commença par les loix & rigueur de iustice
A coupper la racine à si grande iniustice,
Voulant que lon comptast l'vsure à chascun mois
A la centiesme part du principal tournois.
Et que par l'vsurier ne seroit detenu
Que la quatriesme part du total reuenu.
Que s'il eust rechargé l'vsure sur l'vsure,
Perdoit son principal, à fin qu'il tint mesure.
Et sans presser aucun fit en moins de quatre ans
Que l'Asie fournit au Romain, ses Talans.
Il nous seroit besoin d'auoir telz gouuerneurs
Pour punir l'vsurier, & reformer ses mœurs.
Ie deduirois assez particulierement
Les faultes du commun, mais singulierement
Ie remarque l'effect en chascune action,
Qui desire aux estats plus de coërtion.
Parmy ce populaire on y mect les Sergens
Que lon dict entre tous estre terribles gens,
Mais moy ie les descrits Ministres de Iustice
Pourueu que soubz son nom ne couue leur malice.
Car de tout autre mal le plus pernicieux
C'est quand vn homme feint d'vn dol malicieux

Soubz vn ymbre de bien, trompe plus finement:
Lors qu'il veult estre veu faire plus sainctement.
S'il aduenoit aussi comme on dict qu'il aduient
Que ceux, ausquelz le bien de Iustice reuient
Par ses executeurs, sentissent le rebours:
Ie ne sçay d'ou ce peuple auroit plus son secours:
C'est pourquoy ie me deulz, quand i'entens vn vulgaire
En sa iuste clameur, qui ne peult bien se taire
Aux exces que luy faict la trop auare main
Du Sergent feint en grace, & par trop inhumain.
Ie dirois bien pourquoy, tesmoings sont ses voyages,
Ses exploicts argentez, & la prinse des gages
Qu'il aduance d'autant, ou recullé si loin:
Que le pauure debteur peult luy gresser le poing.
Le bon Sergent n'est mis, ny ses conditions,
Au rang de ceux qui font tant de concussions,
Et tout ainsi que l'heur de la vie consiste
A reigler le mutin & sa rage despite
Contre le vœu des loix: faire rendre au plus doux
Ce qu'vn fier villain prent de sa vie ialoux:
Apprehender le rogue, & reduire vn chascun
A conseruer le bien politique & commun.
Ainsi l'executeur de si saincte ordonnance
S'il verse comme il doibt, merite sa puissance:
Et nous fault appeler telle execution
De iustes mandemens, vne iuste action.
  Pleust à Dieu qu'vn chascun se peust bien cõtenter,
Sans par extorsions sa famille augmenter,
Et d'vne taxe honneste, on cherchast le profit,
Sans par mauuais moyens treuuer si grand credit.

Toute ſorte d'eſtats & de vacations
Viuroient mieux ſelon Dieu ſans maluerſations.
Meſmes ſi tout marchant chaſcun en ſon eſgart
Ne vouloit tant priſer ſa riſque & ſon hazart.
Car de là vient le mal, que la ſocieté
S'eſt aſtrainčte ſoy meſme à la neceſsité
De vouloir emprunter par mutuel debuoir,
Tout ce que d'elle meſme elle ne peult auoir.
Auſsi tous ces eſtats en toute marchandiſe
Sçauent tenir bien roide, & vendre leur feintiſe
Soubz vn beau nom de Dieu, par vn ſerment fictif,
Pour faire par menſonge vn prouſit exceſsif.
Ie ſçay bien que la loy permet à tous vendeurs
Comme elle faict de meſme à tous les acheteurs,
De ſe circonuenir au pris de la vendue
Comme au pris de l'achat, mais l'ame en eſt tortue.
Tout ainſi voyons nous les ſaiſons retournées
Comme noz actions ne ſont pas bien reiglées
Lequel de noz ayeulx à peu veoir que l'Eſté
Se changeaſt en l'Yuer? nous n'auons pas eſté
Seullement en ce point, mais le plus cuyſant froit
Plus cuyſant que le Scythe en ſa terre ne voit,
N'à iamais eú l'effect au plus fort de ſa poinčte,
Aux mois que du Soleil la chaleur eſt eſtainčte,
D'amortir la vigueur de la terre eſchauffée,
Et rendre vne autre fois icelle reglacée
Contre ſon propre deú, tellement que ſon fruict
Eminent en ſon temps, fuſt par glace deſtruict.
Cela s'eſt preſenté freſchement à noz yeux
Pour deplorer d'autant noſtre aage vicieux.

On dict que de deux muidz qui sont deuant la porte
De Iupiter, le droict du malheur nous apporte
Beaucoup plus largement, que le gaulche de bien
Aussi tousiours, depuis le don Pandorien
L'homme à suiuy plus prompt, le vice detestable:
Mais le moins vicieux est le plus receuable.
Et pource ie desire auec vn bien commun
Qui redonde par tout, & se rende tout vn
A l'Eglise, à Iustice, au Noble, au Populaire,
Que chascun endroict soy, s'efforce de mieux faire:
Lors i'espere mon Dieu qui par tant d'oraisons,
D'accords de ton public & de ses liaisons,
L'armonie viendra telle, vers tes oreilles,
Que nous resentirons, l'effect de tes merueilles.

¶FIN.

¶ Extraict du Priuilege.

IL eſt permis à Claude Garnier dict Saupiquet Imprimeur en ceſte Ville de Troyes, d'Imprimer & expoſer en vente, vn petit Liure appelé L'IMPORTVNITE ET MALHEVR DE NOZANS. Composé par M. Balthaſar Bailly, conſeiller du Roy audict Troyes, d'autant qu'il n'y à rien contre la Religion Catholique, Edicts & ordonnances du Roy. Auec deffences à tous autres Imprimeurs & Libraires de ceſte Ville, de n'en vendre ny expoſer en vente, ſinon du gré & conſentement dudict Garnier, ſur peine d'amende & de priſon, comme il eſt plus à plain contenu audict Priuilege. Faict à Troyes, le xxiiij. iour de Iuillet, l'An Mil cinq cens ſoixante & ſeize.

Ainſi ſigné

E. DE MESGRIGNY.

PATIENTIA PAVPERIS NON PERIBIT IN FINEM

www.ingramcontent.com/pod-product-compliance
Ingram Content Group UK Ltd.
Pitfield, Milton Keynes, MK11 3LW, UK
UKHW021026200726
13857UKWH00004B/1613

9 782012 785830